Gracias a Jima, recién llegado

Puedes consultar nuestro catálogo en www.picarona.net

¡Hay un monstruo en el bosque!
Texto: *Paola Savinelli*
Ilustraciones: *Andrea Scoppetta*

1.ª edición: noviembre de 2019

Título original: *C'è un mostro nel bosco!*

Traducción: *Laura Fanton*
Maquetación: *Montse Martín*
Corrección: *Sara Moreno*

© 2017, Ipermedium Comunicazione e Servizi s.a.s. / Lavieri edizioni, Italia.
(Reservados todos los derechos)
© 2019, Ediciones Obelisco, S. L.
www.edicionesobelisco.com
(Reservados los derechos para la lengua española)

Edita: Picarona, sello infantil de Ediciones Obelisco, S. L.
Collita, 23-25. Pol. Ind. Molí de la Bastida
08191 Rubí - Barcelona
Tel. 93 309 85 25 - Fax 93 309 85 23
E-mail: picarona@picarona.net

ISBN: 978-84-9145-310-9
Depósito Legal: B-22.261-2019

Impreso por ANMAN, Gràfiques del Vallès, S. L.
c/ Llobateres, 16-18, Tallers 7 - Nau 10. Polígono Industrial Santiga
08210 - Barberà del Vallès (Barcelona)

Printed in Spain

Paola Savinelli

Andrea Scorpetta

¡Hay un MONSTRUO en el bosque!

 Picarona

Parece que un huracán haya pasado por la habitación de Nina. La abuela mira a su alrededor desconcertada:
—Pero… ¿qué estás haciendo?
—Es por el monstruo… –contesta la niña.
—¿Qué monstruo?

—No lo sé. No lo he visto,
pero me han dicho que da mucho miedo.

—¿Te has lavado los dientes?
Entonces ven, que te contaré una historia.

Érase una vez un reino muy
lejano al que, de repente,
llegó un terrible monstruo.
El rey no había tenido tiempo
siquiera de dar la alarma
cuando sus súbditos ya habían
salido pitando. Sólo una niña
curiosa hacía preguntas sobre
el monstruo a los habitantes
que, aterrados, únicamente
pensaban en ponerse
a salvo.

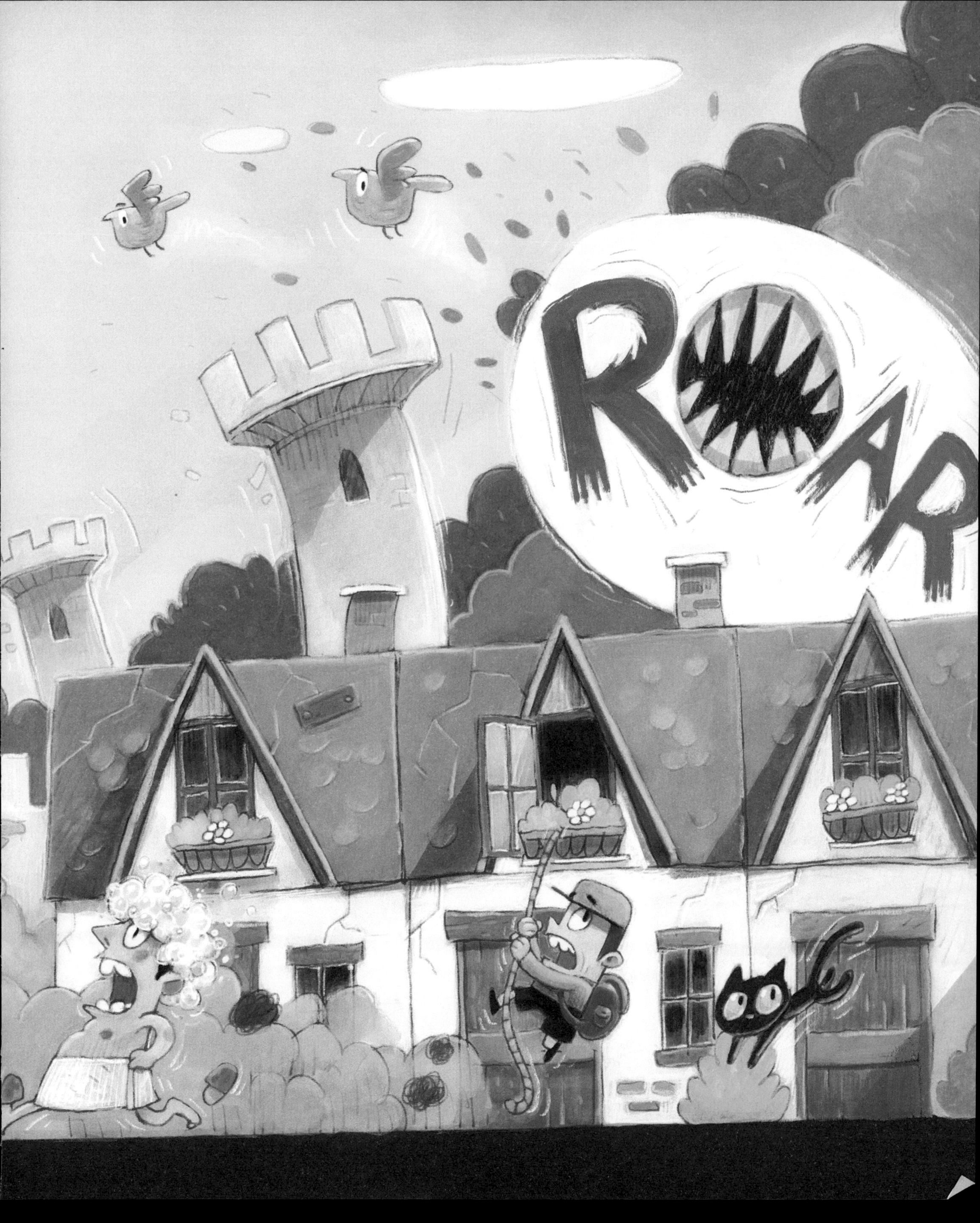
ROAR

El arquero infalible quiso enfrentarse
al monstruo, pero el rey lo detuvo:
—¡Nada de violencia en mi reino!
El arquero se sintió desconcertado.

En ese momento llegó el hombre más sabio de entre los sabios asegurando haber encontrado un arma excepcional.
—¿De qué arma se trata? –preguntó el rey con impaciencia.
—¡De la Belleza! –contestó el sabio.

—Ya verá, majestad... Nadie se queda indiferente ante la belleza... Ni siquiera un monstruo.
Luego, lleno de orgullo, le expuso al rey el plan que había urdido.

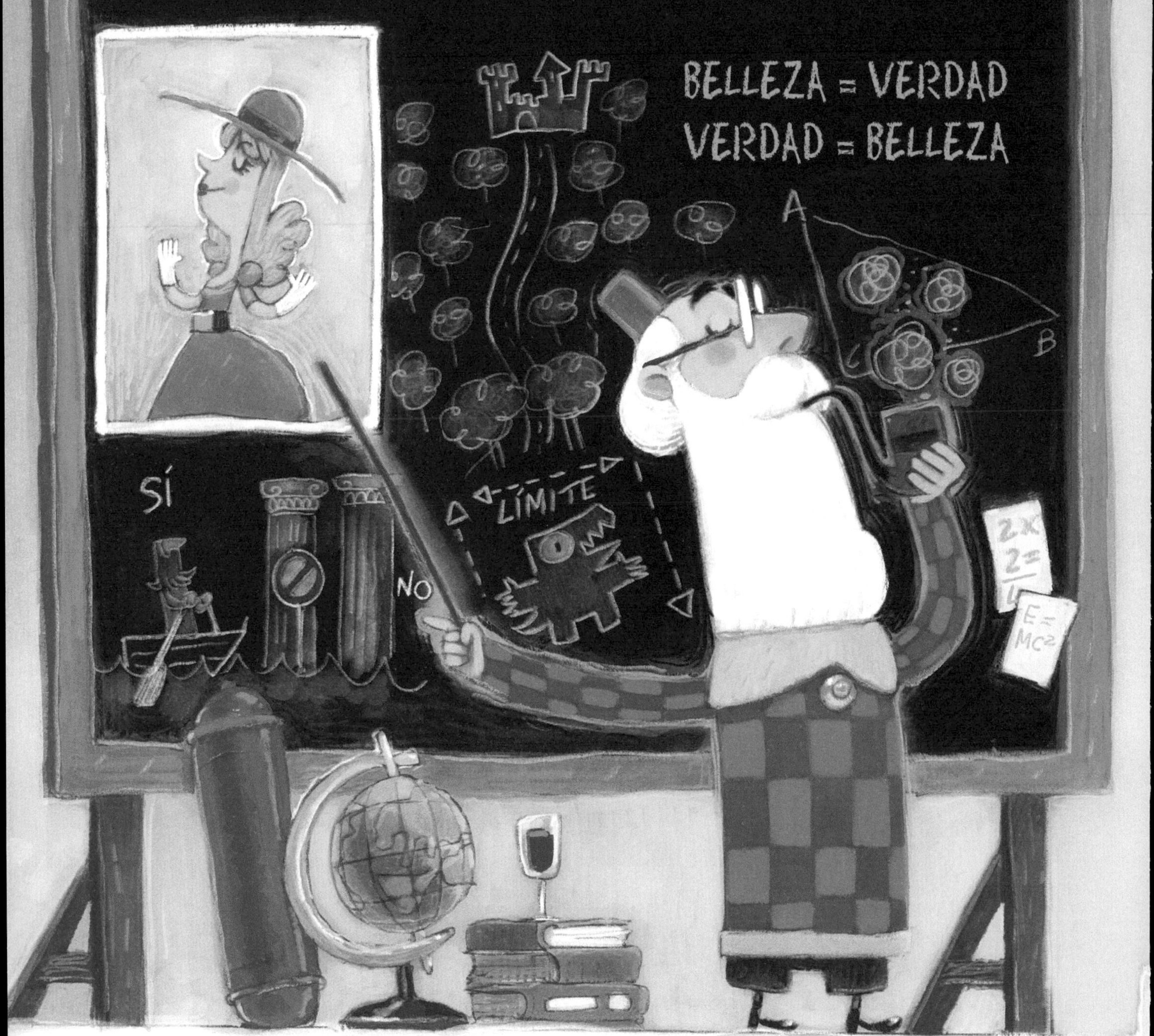

BELLEZA = VERDAD
VERDAD = BELLEZA
A
B
SÍ
NO
LÍMITE
E=Mc²

—Bastará con situar frente al monstruo
a la dama más bella del reino y que ésta
camine delante de él sin salirse del sendero de las
hayas. El camino es tan estrecho que el monstruo
se quedará atascado.

—¡Llamad a la más bella de entre las bellas! –ordenó
convencido el rey.

Y así, la dama más bella del reino
llegó frente al monstruo, le mostró
su brillante sonrisa e hizo ondear sus
hermosos cabellos largos y rubios
que olían a jazmín.
En cuanto el perfume se esparció
por el aire...

...el monstruo estornudó tan fuerte que la pobrecita salió despedida y acabó entre las ranas de un estanque.

—Yo me ocuparé del asunto, majestad –tronó el arquero. Pero el más sabio de los sabios lo frenó y propuso otro plan:

—¡Haremos que se ría!

El rey se quedó perplejo, pero luego se acordó de la historia de un gigante que se había muerto de risa viendo a un mono llevar sus enormes botas.

Entonces, ordenó en seguida:

—¡Llamad al bufón de la corte!

Ya era de noche cuando el bufón se enfrentó al monstruo con sus juegos. Sin embargo, a pesar de su habilidad...

...el monstruo bostezó, el bufón huyó asustado y cayó rodando por el camino de las hayas.

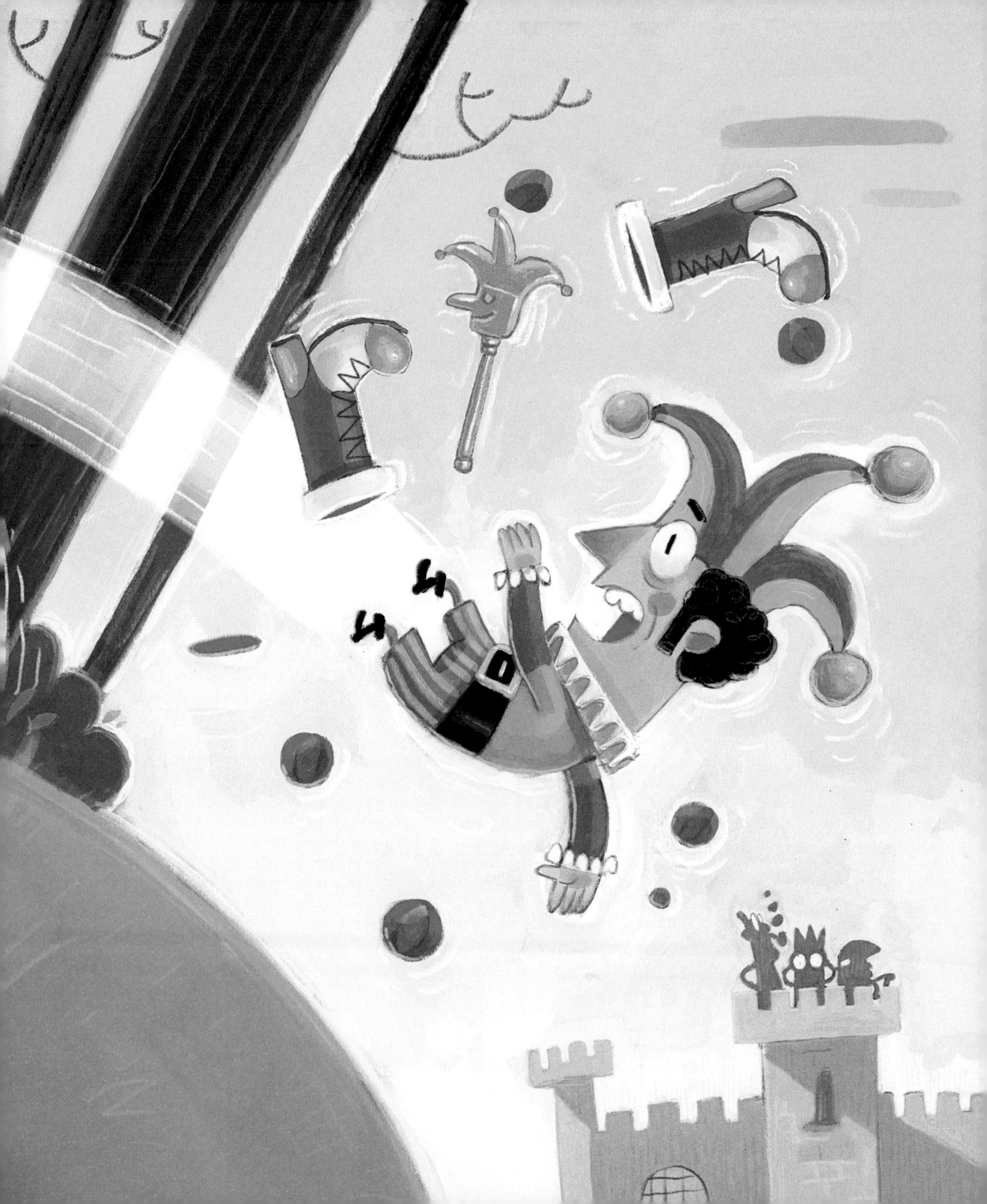

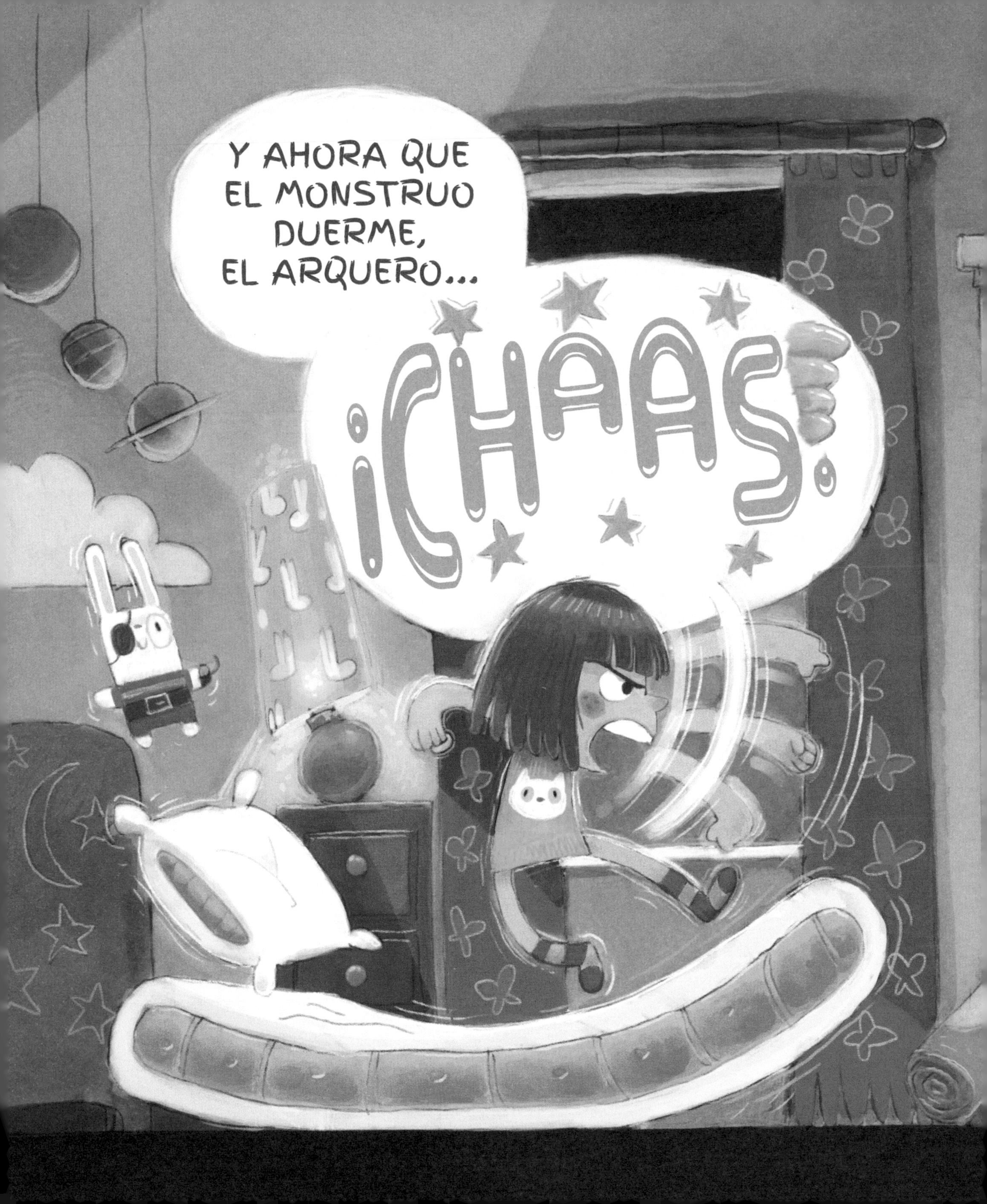
Y AHORA QUE EL MONSTRUO DUERME, EL ARQUERO...
¡CHAAS!

Irrumpió Nina saltando encima de la cama.
—«Nada de violencia», dijo el rey.
¿Te acuerdas?
—¿Pero por qué? El rey es realmente testarudo.
—Porque no quiere que vivamos con el miedo de que pueda llegar otro monstruo tan fuerte que todas las armas del mundo no sean suficientes.

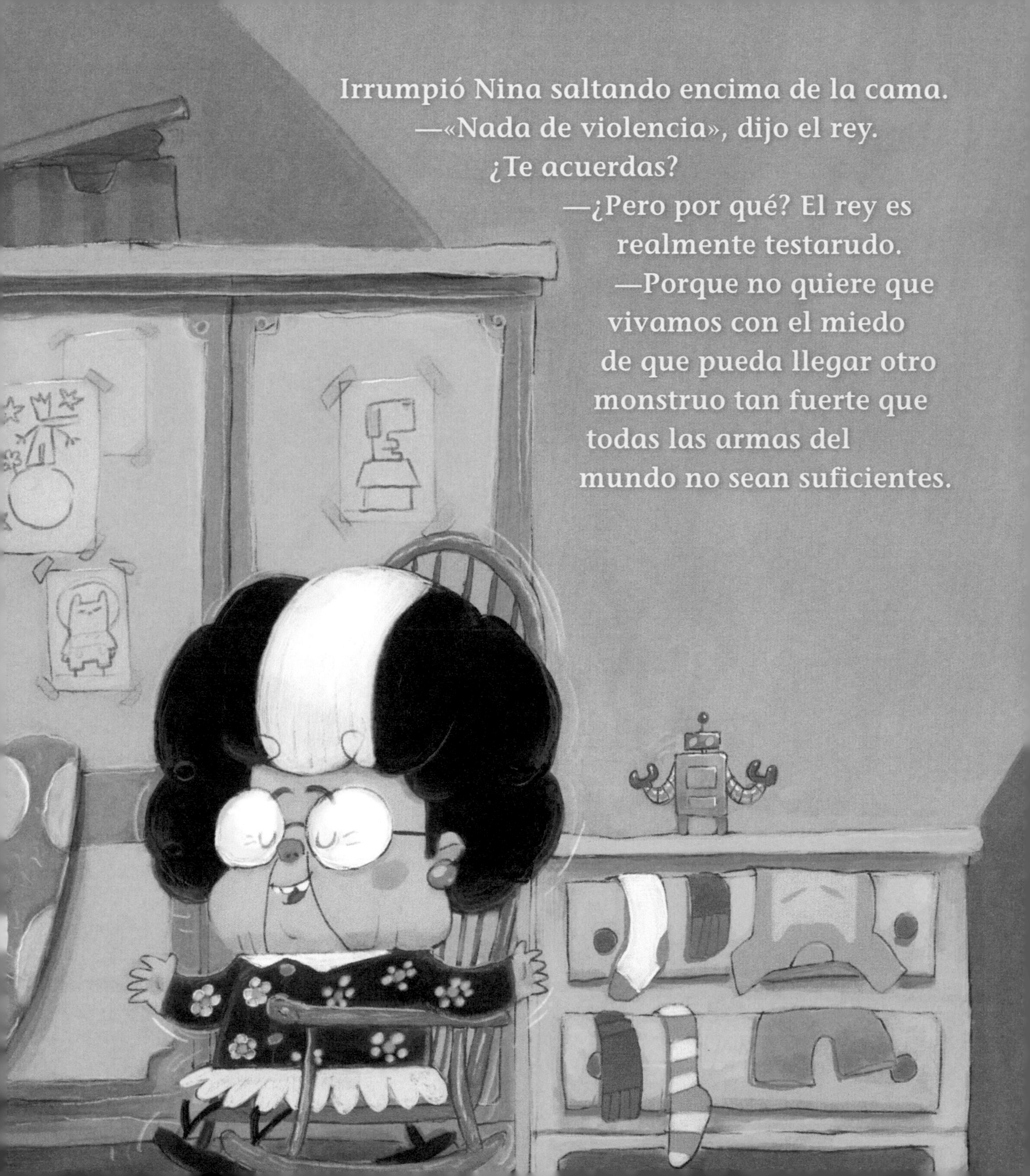

Los súbditos habían encontrado
refugio en un pueblo
abandonado cercano.
Al llegar la noche, la niña
curiosa era la única que
no lograba dormirse. Se
preguntaba una y otra vez:
¿cómo será ese monstruo?

—Es un dinosaurio con cabeza
de tiburón –murmuró
una voz desde fuera.
No era la única que
aún seguía despierta.

Saltó de la cama y no pudo evitar escuchar a escondidas
la conversación de unos niños que decían haber visto
al terrible monstruo.

Al amanecer, el rey, que había pasado toda la noche pensando cómo solucionar el problema, ordenó que le entregasen su tesoro al monstruo. En cuanto se despertó, el monstruo se abalanzó sobre los cofres abiertos, creyendo que se trataba de comida. Pero en cuanto las probó...

Escupió las monedas. A causa
del movimiento de aire, el rey acabó
colgado de la rama de un haya.

—¡Se acabó! —exclamó el osado arquero y, de un solo golpe, arrojó todas sus flechas.

Pero el monstruo, con un soplo, invirtió
la dirección de las flechas y el arquero se salvó
de chiripa gracias a que la rama de la que
colgaba el rey se partió y éste le cayó encima.

De repente, se escuchó
una vocecita que gritaba:
—¡Pero si no tienes
la cabeza de tiburón!

La niña había llegado del pueblo y observaba al monstruo con una mirada severa.

—Esos charlatanes me han contado un montón de mentiras.
A medida que la niña avanzaba, el monstruo se echaba hacia
atrás. Un paso atrás, otro paso atrás... Hasta que acabó huyendo
y nunca más volvió.
Así fue como la niña curiosa liberó el reino de aquel monstruo...
    y de todos los demás para siempre.

—Pero... ¿qué significa
«curiosa», abuela?
—Que no se detiene donde
otros se han detenido.
—¿Como los valientes?
—A veces significa
lo mismo, ¿sabes?
—¿Pero cómo lo hizo la
niña para que el monstruo
huyese?

—Todos los monstruos
le tienen miedo a la
curiosidad. Pero ahora
vete a la cama y duerme.
      —No… ¡Tengo
ganas de otra
historia!

Hola a todos, mi nombre es **Speech**
(sí, sí, como «habla»
o «lenguaje» en inglés).
¿Me equivoco o en esta historia hay
palabras un poco «espinosas»?

Bueno,
no te preocupes.
¡Las espinas no tienen
secretos para mí!
Veamos…

Desconcertado: Sorprendido.
Cuando te encuentras frente
a algo que no esperabas.

Brillante: Como si fuera de diamante, puro, reluciente y que no se puede rayar.

Osado: Que confía en sus capacidades. Tal vez incluso demasiado.

A escondidas: Escuchar en secreto las conversaciones de otras personas.

Charlatanes: Aquellos que cuentan, como si realmente hubieran ocurrido, hechos que están inventando.